31143011364339
J SP E Bougaeva, S
Bougaeva, Sonja, 1975-
author, illustrator.
Por que la señora G. se
volvio tan gruñona...
...y por que ahora vuelve

P9-BJX-489

Otros libros de Sonja Bougaeva publicados en Takatuka:

Barnie

Dos hermanas reciben visita

Título original: Wie Frau B. so böse wurde, und warum sie jetzt wieder nett ist
Texto e ilustración: Sonja Bougaeva
Traducción del alemán: Marisa Delgado
Primera edición en castellano: febrero de 2015
© 2014, Atlantis, an imprint of Orell Füssli Verlag AG, Zurich, Suiza
© 2015, de la presente edición, Takatuka SL
Takatuka / Virus editorial, Barcelona
www.takatuka.cat
Maquetación: Volta disseny - www.voltadisseny.com
Impresión: El Tinter, empresa certificada ISO 9001, ISO 14001 i EMAS
ISBN: 978-84-16003-28-0
Depósito legal: B 1579-2015

Sonja Bougaeva

Por qué la señora G. se volvió tan gruñona...

...y por qué ahora vuelve a ser tan encantadora

TakaTuka

La señora G. vive en nuestro edificio, en el primer piso.
Todos la conocen y todos la temen.

Sobre todo, los peques...

aunque también los adultos.
Pero la señora G. no siempre fue tan gruñona y antipática.

Hace muchos años era una niña encantadora.

Le gustaba ir en bici.
Y aún no se llamaba señora G., sino Catalina.

Catalina era muy bajita.
Tan bajita que los otros niños se reían de ella.

Se llevaban sus juguetes sin pedirle permiso.
Y en una ocasión, estaban todos jugando juntos y se olvidaron de ella.

Cuando volvió a casa y quiso contárselo a su madre,
ella le dijo: «Lávate las manos y siéntate a la mesa.
¡Comiendo no se habla!».

La pequeña Catalina se puso muy, pero que muy triste.
Y su rabia se fue acumulando, día tras día, año tras año.

Y cuando se hizo mayor, dejó de ser encantadora.
Pero, sobre todo, odiaba a los niños.

Un día que estaba asomada a la ventana, pensó:
«Hace un tiempo horrible. ¡Y qué ruido hacen esos malditos críos!».

Pero decidió salir a tomar un poco el aire.

Fue al parque para odiar a los niños con más comodidad.

Pero, de pronto, algo le resultó familiar.

La señora G. vio a aquella niña llorando y se despertó en ella un sentimiento extraño.

Incluso se olvidó de hacer punto.
Una sensación completamente nueva se apoderó de ella.

La madre de la niña vino a recogerla, pero ella permaneció allí sentada, durante un buen rato, con los ojos llenos de lágrimas.

La señora G. se pasó toda la tarde pensando en la niña.

Al día siguiente, la señora G. fue muy temprano al parque.
Y cuando la niña volvió, se alegró muchísimo.
Se sentó junto a ella e hizo un flan de arena, y luego otro, y otro más.

Y pronto construyeron juntas un castillo enorme.

También al día siguiente,
la señora G. volvió a ir al parque.

Y al otro.
Hasta que una mañana…

... la señora G. se asomó a la ventana y pensó:
  «¡Qué día más bonito y soleado!
  Tengo que ir corriendo al parque. ¡Tenemos que jugar al escondite!».
  Y se sintió como una niña feliz.